[英]肯尼思·史蒂文/著　[俄]安伊温·图谢特尔/绘　邹雪晶/译

狗的鼻子为什么湿漉漉

浙江少年儿童出版社·杭州

NORLA
NORWEGIAN LITERATURE ABROAD

This translation and production has been published with the financial support of NORLA
本书由挪威文学海外推广组织资助出版

图书在版编目（CIP）数据

狗的鼻子为什么湿漉漉/（英）史蒂文著;（挪威）图谢特尔绘;
邹雯燕译. -- 杭州：浙江少年儿童出版社，2016.5（2020.10重印）

ISBN 978-7-5342-9290-3

Ⅰ. ①狗… Ⅱ. ①史… ②图… ③邹… Ⅲ. ①儿童文
学－图画故事－英国－现代 Ⅳ. ①I561.85

中国版本图书馆CIP数据核字（2016）第054457号

Historia om korleis hunden fekk våt snute by Kenneth Steven,
Illustrated by Øyvind Torseter
Copyright © Det Norske Samlaget, 2012
Norwegian edition published by Det Norske Samlaget, Norway
Published by agreement with Hagen Agency, Norway
Simplified Chinese translation copyright © 2016
by Trustbridge Publishing Limited and/or TB Publishing Limited
All rights reserved

著作权合同登记：图字11-2016-145号

狗的鼻子为什么湿漉漉

［英］肯尼思·史蒂文/著　　［挪］厄伊温·图谢特尔/绘　　邹雯燕/译
策　　划：奇想国童书　　　　特约编辑：雍　敏　　特约美编：孙　明
责任编辑：陈　曦　张灵羚　　责任校对：冯季庆　　责任印制：王　振
出版发行：浙江少年儿童出版社（杭州市天目山路40号）
印　　刷：河北彩和坊印刷有限公司
经　　销：全国各地新华书店
开　　本：710mm×1020mm 1/8
印　　张：4
印　　数：15001-18000册
版　　次：2016年5月第1版　2020年10月第2次印刷
书　　号：ISBN 978-7-5342-9290-3
定　　价：68.00元

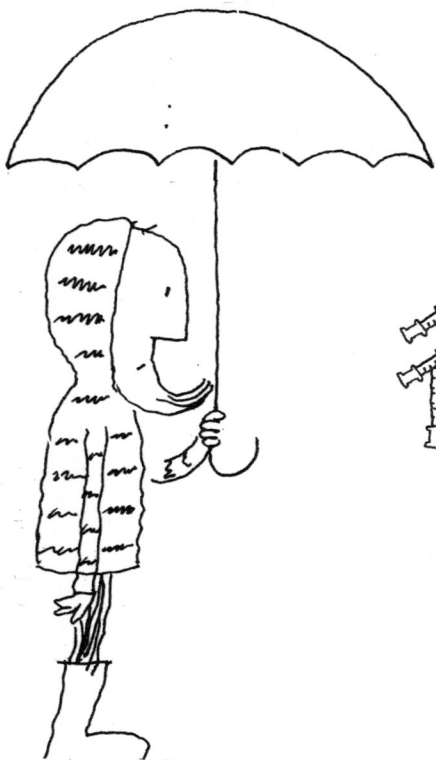

久很久以前，世界才刚刚形成，天就下起了大雨。大雨从宽广的天空倒落，停不下来，浇得人浑身湿透。

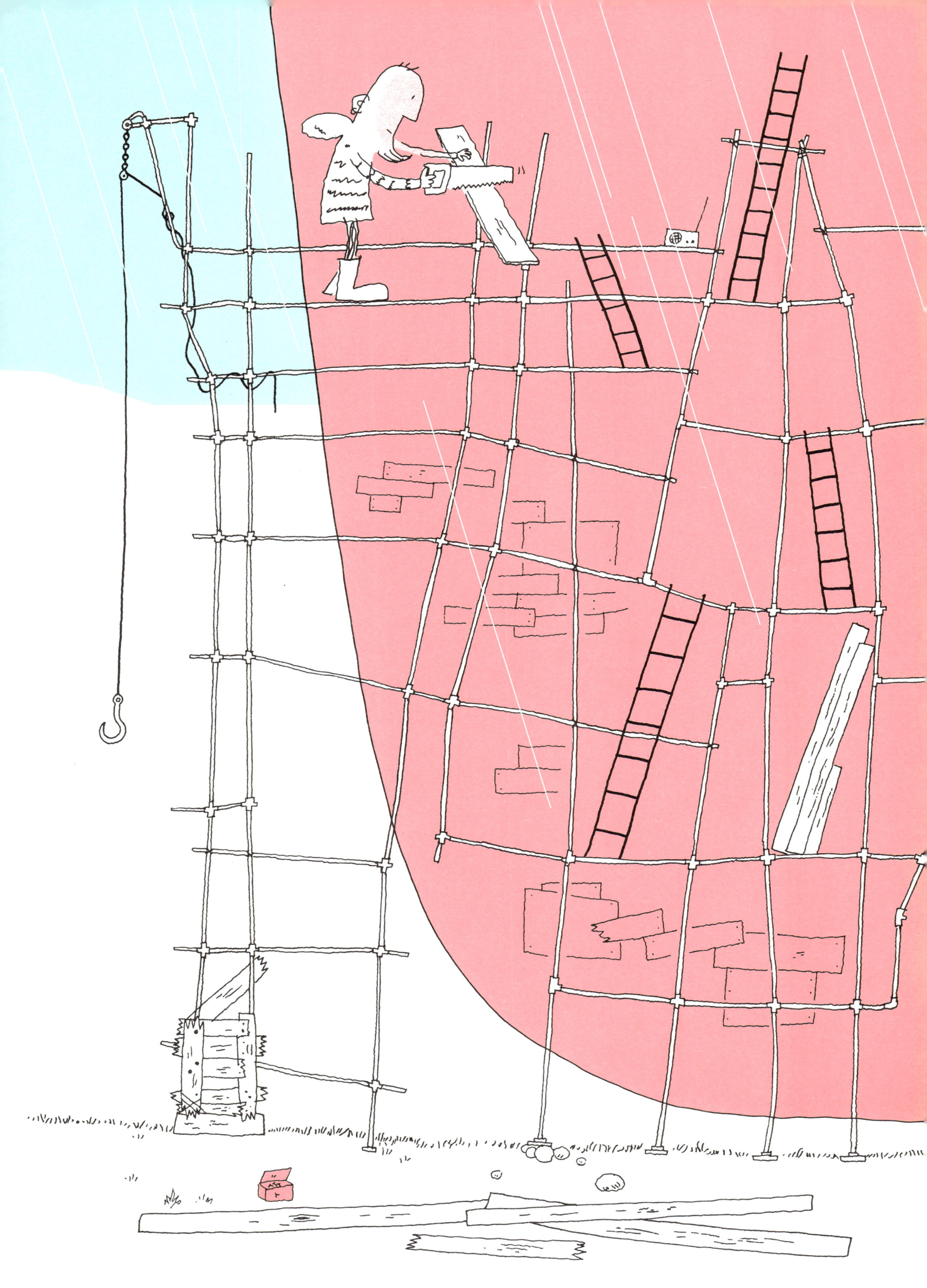

有一个叫诺亚的人，他知道碰到这种糟糕的情况该怎么办。他用又高又大的树木造了一艘救生船，用来装载人和动物。他给这艘大船取名叫作方舟。

咖啡厅

诺亚四处游走，召集所有你能想到的动物。除此之外，他还邀请了蜗牛、蜘蛛、蜜蜂，甚至那些滑溜溜的动物——平常大多数人都只会用有毒喷雾去喷射或用脚踩死他们。

最后上船的动物，是诺亚的狗。他是一条非同寻常的混血狗，看不出是什么品种。唯一可以确定的是，他的鼻子又大、又黑、又柔软。

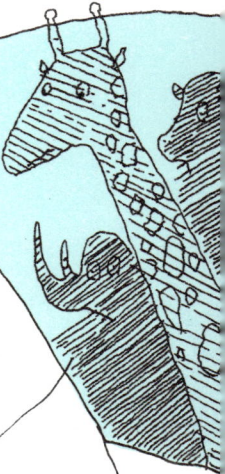

舟一边吱嘎作响，一边摇晃。诺亚紧张得屏住呼吸。方舟那么大，装得又那么满，诺亚很害怕它会浮不起来。突然，涌来一波大浪，船摇摇晃晃，竟然浮了起来，向前驶去。没人能想象得到它装载了些什么。

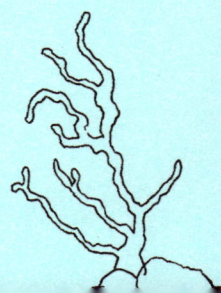

们出发朝大海驶去。所有的陆地都消失了，只剩下天和海。雨还像之前那样下着，闪电出现在黑色的乌云里，就像蛇的舌头一样。除了雨水和雷声的轰鸣，再没有其他声响。世界上已经没有别的声音了。

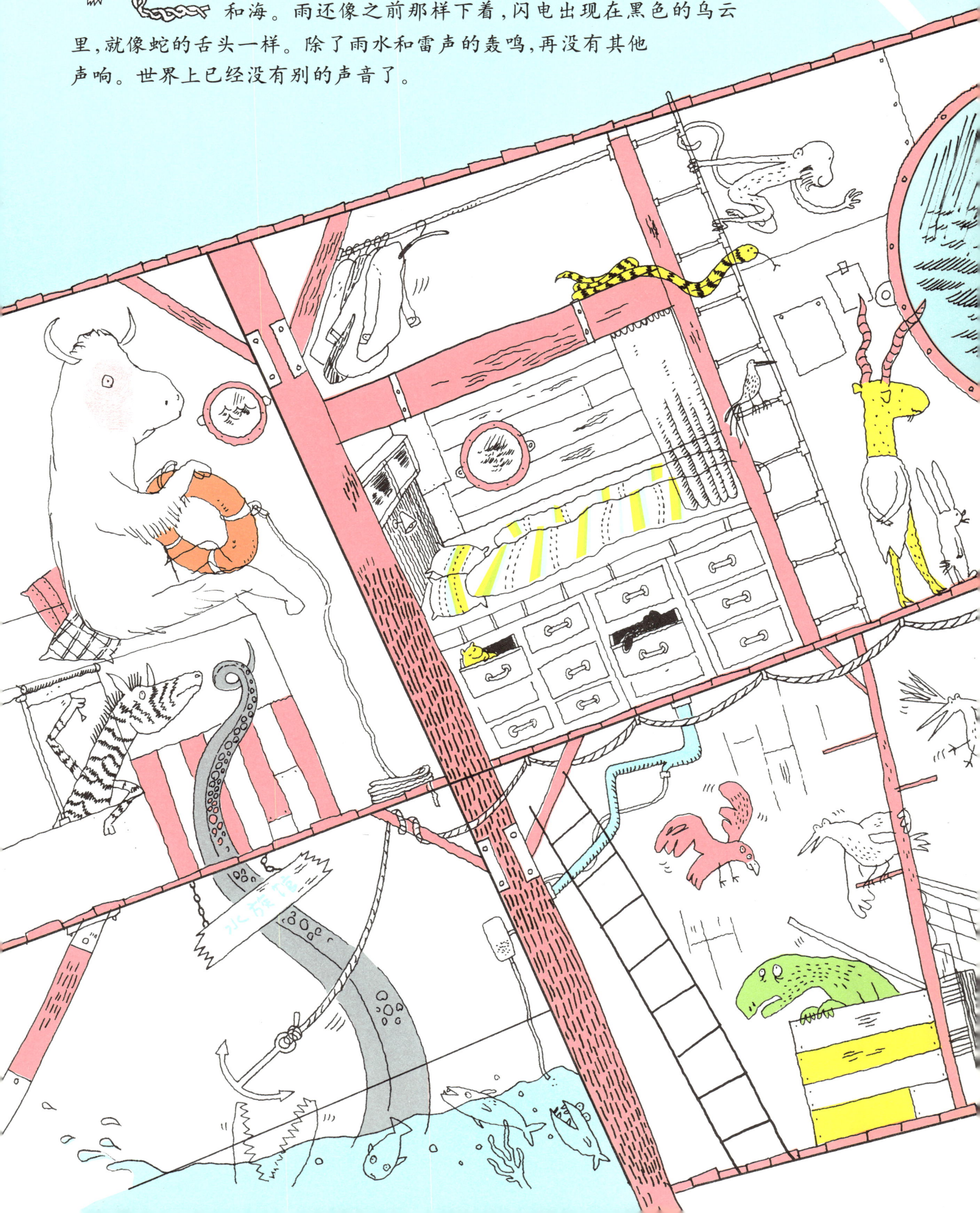

游戏室

麦片

MIIK

GRRRRR

IHIHIHIHIHIHIHIHI

Miao
Miao

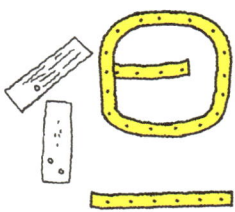

是，方舟上除外！这里有驴叫，有猩猩叫，无论白天还是黑夜，从来没有安静的时候。诺亚没有享受过片刻的安宁，当然也没时间睡觉。他要给马找干草，给松鼠找榛子，还要给蟒蛇找不知道怎么形容的食物。好不容易当最后一只动物吃完晚餐，他又得开始考虑给第一只动物准备什么早餐了。

一天清晨，也就是他们在大海上航行了二十个日日夜夜之后，一件可怕的事情发生了：方舟漏水了！

虽然两块木板之间出现的漏洞不过一颗坚果那么大，对于这艘有一个足球场那么大的船来说，应该没什么好恐慌的。可是，还没等诺亚说出"洞"这个字，水已经漫得到处都是，一只兔子还差点儿因此遇难。"我们该怎么办啊？"诺亚对他的狗说。他们必须想个办法，立刻，马上！

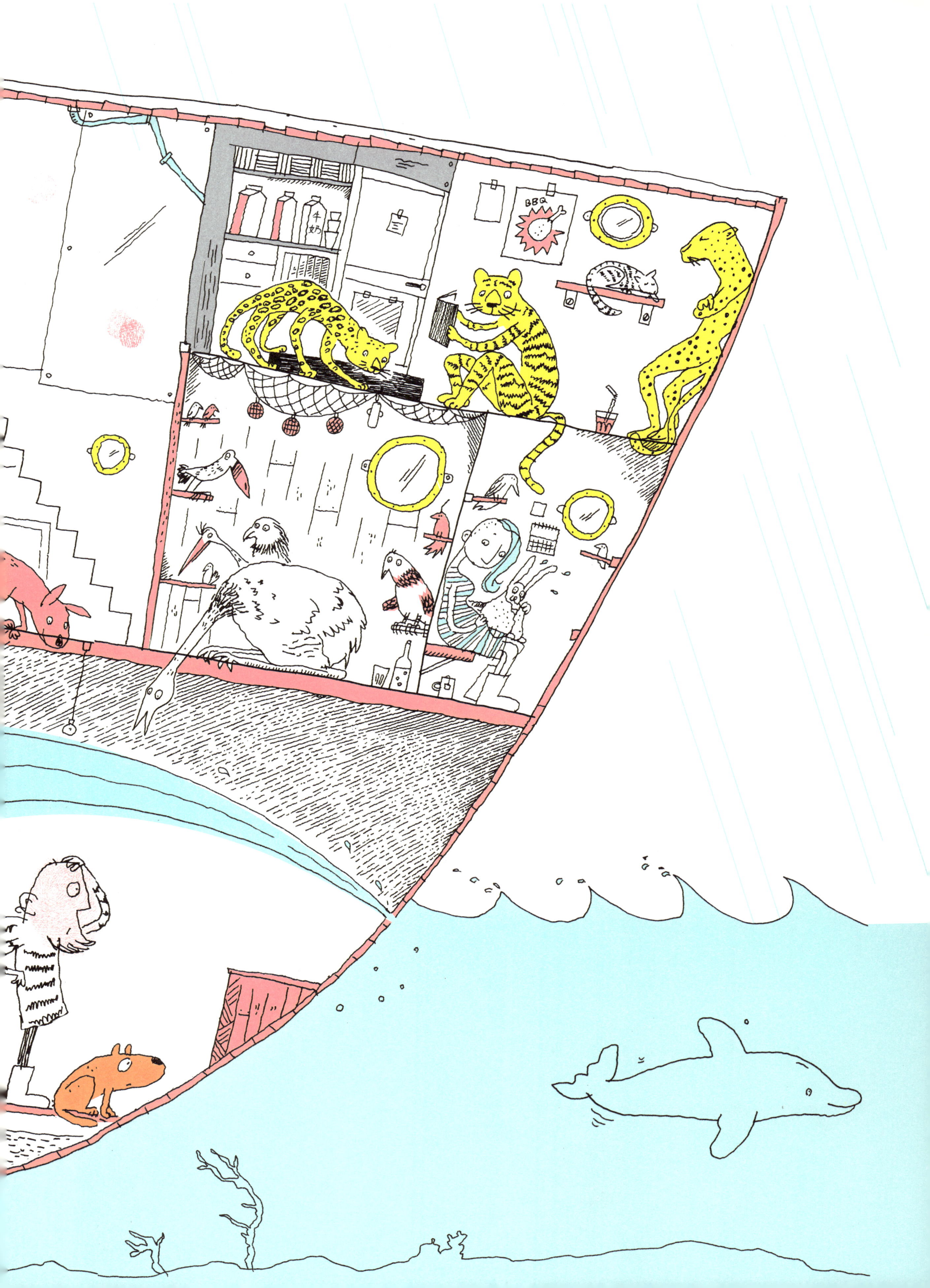
BBQ
牛奶

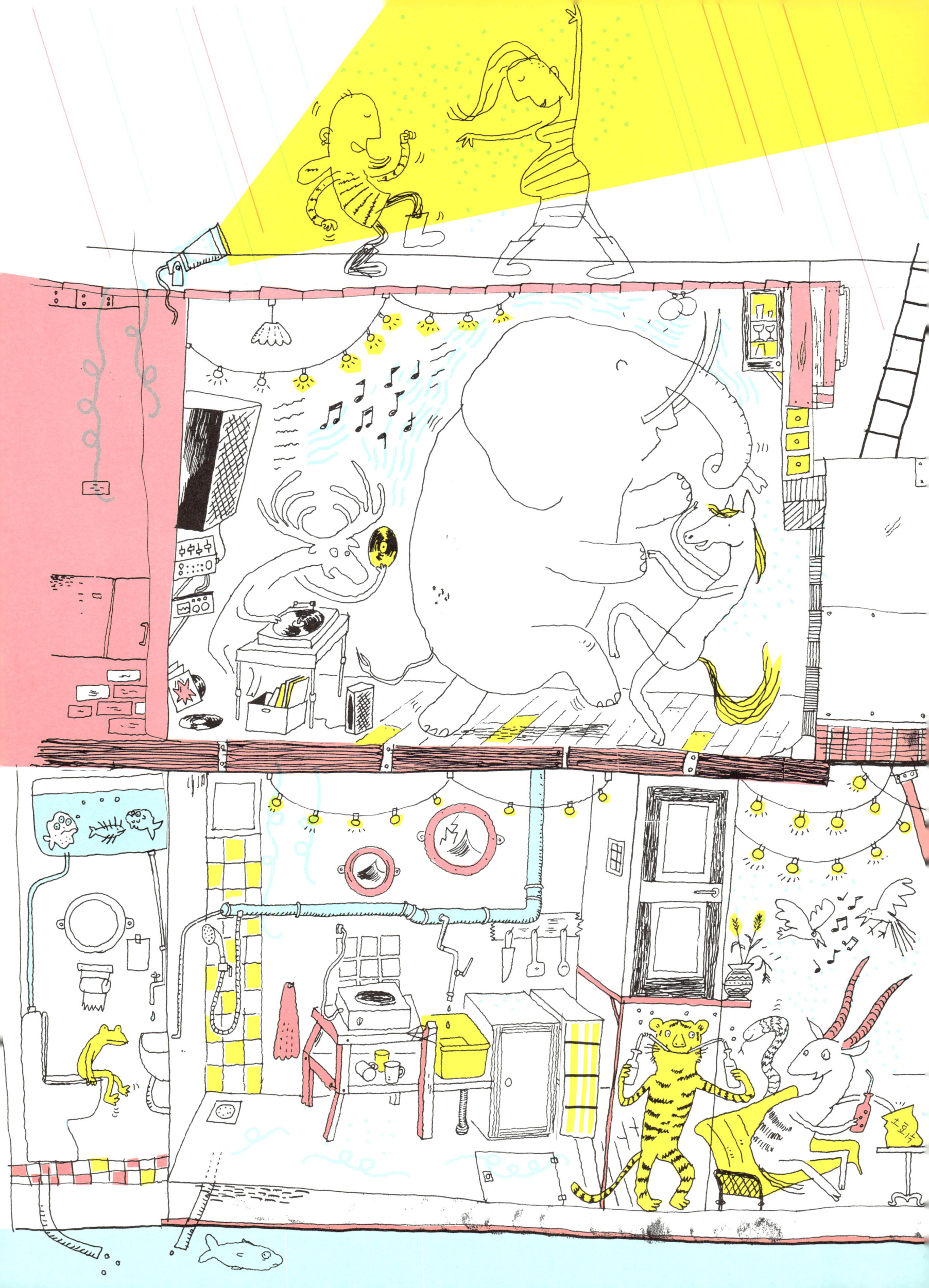

叫，猩猩叫，老鼠拍着爪子，诺亚和他的夫人在甲板上跳舞庆祝。船的漏洞终于被封住啦！

YES!

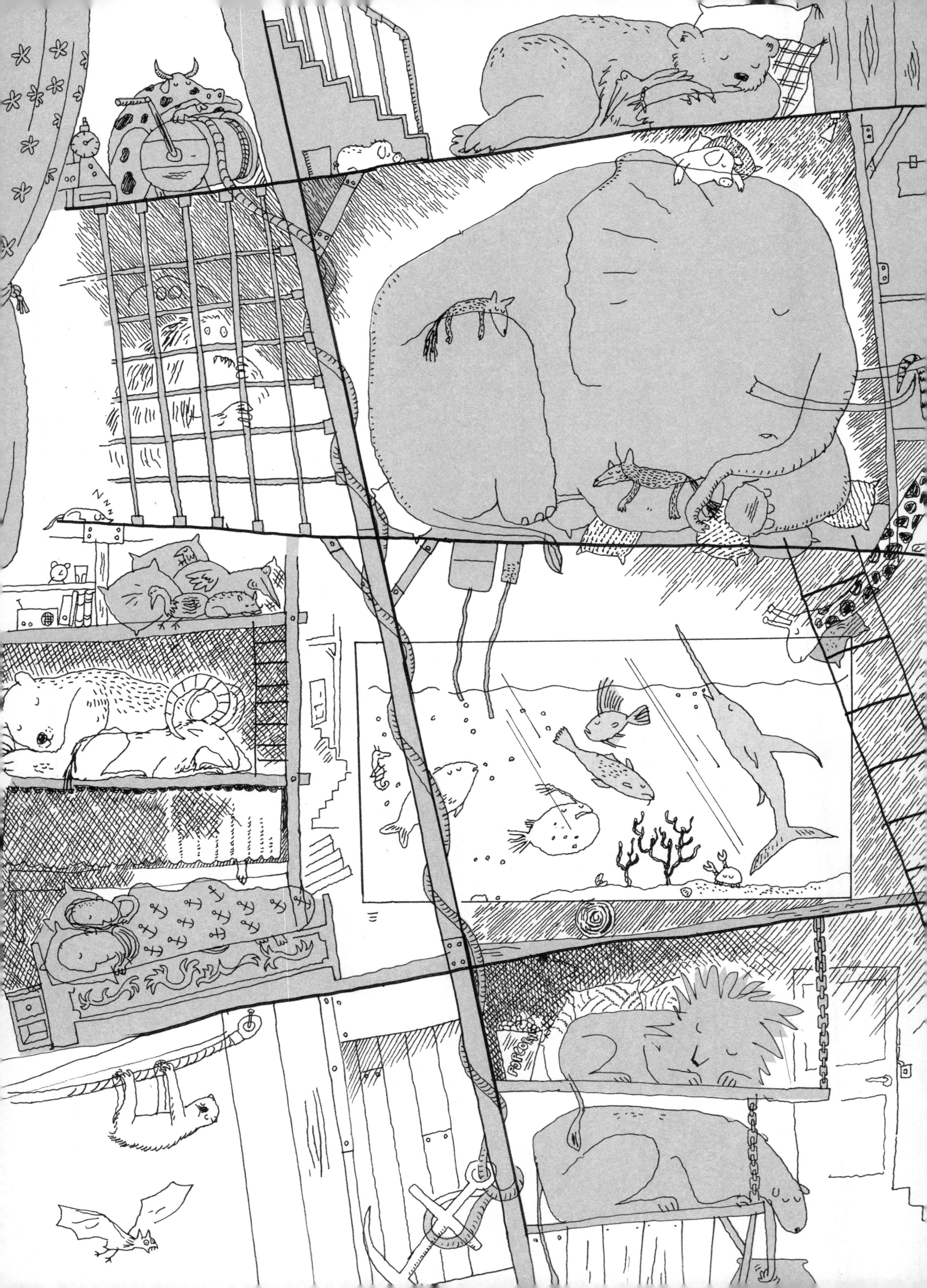

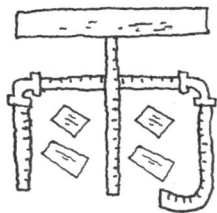

继续下了四十个日夜，眼睛能看到的地方除了水还是水。

诺亚的狗除了一动不动地站着，什么都做不了。他知道他的主人希望他就这样站着，完完全全堵住那个洞。

水日日夜夜冲刷着他的鼻子，却没有一滴水漏进船里。

突然，有一天早晨，狗闻到了一种不同的气味。

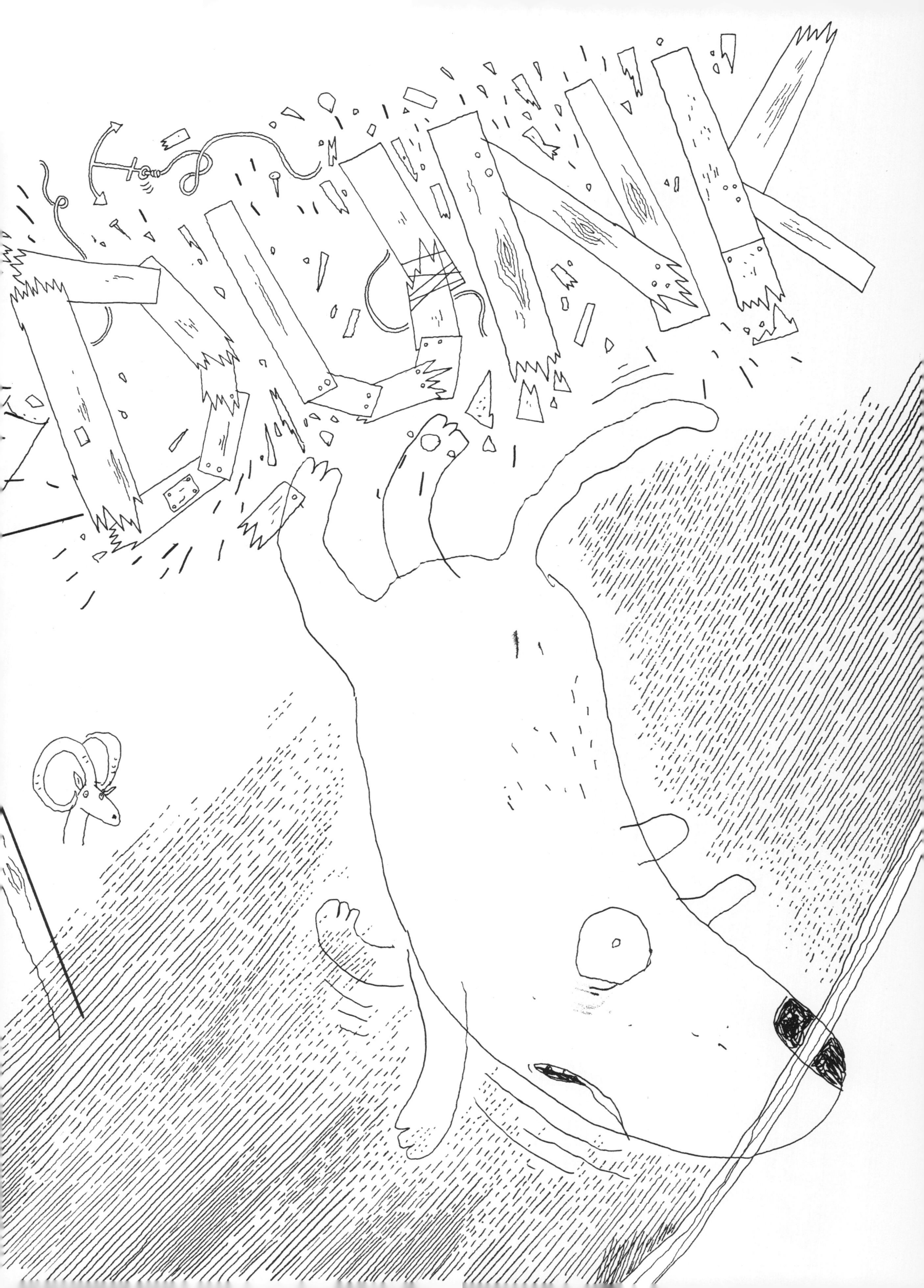

外面的迷雾中，出现了一座高高的山。在山的后面,他们看到了很小很小的一丝蓝天。雨终于停了！一道又长又美的彩虹从东到西，跨越了天空！

他们到达陆地了！多么美的景象啊！最美的花朵和植物遍布了原野。

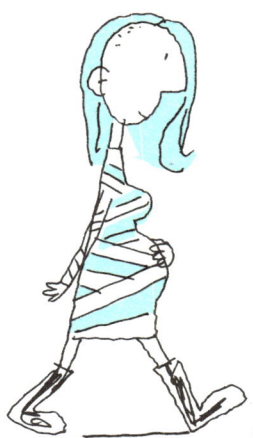

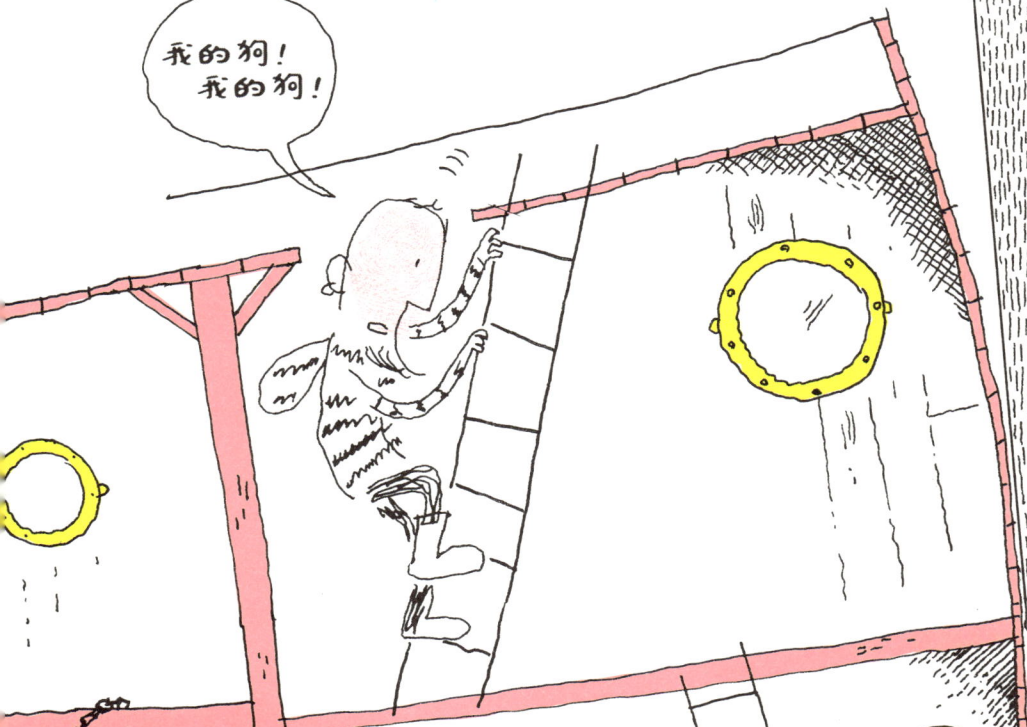

的好狗。"诺亚轻声说着，亲昵地摸了摸狗的肚子。

"汪汪！"狗这样回答，用湿润的鼻子蹭了蹭诺亚的脸。

狗之后再也不需要去海上了，可他的鼻子却永远变成又湿又冷的样子。